गुण्डा

जयशंकर प्रसाद

संपादिका : साक्षी पटेल

SANAGE
PUBLISHING HOUSE

Paperback: 978-936205763-1

Any references to historical events, real people, or real places are used fictitiously. Names, characters, and places are products of the author's imagination.

Printed by:

Sanage Publishing House LLP
Mumbai, India

sanagepublishing@gmail.com

जयशंकर प्रसाद (जन्म 30 जनवरी 1889- मृत्यु 15 जनवरी 1937)[3][4], हिन्दी कवि, नाटककार, कहानीकार, उपन्यासकार तथा निबन्ध-लेखक थे। वे हिन्दी के छायावादी युग के चार प्रमुख स्तंभों में से एक हैं। उन्होंने हिन्दी काव्य में एक तरह से छायावाद की स्थापना की जिसके द्वारा खड़ीबोली के काव्य में न केवल कामनीय माधुर्य की रससिद्ध धारा प्रवाहित हुई, बल्कि जीवन के सूक्ष्म एवं व्यापक आयामों के चित्रण की शक्ति भी संचित हुई और कामायनी तक पहुँचकर वह काव्य प्रेरक शक्तिकाव्य के रूप में भी प्रतिष्ठित हो गया। बाद के, प्रगतिशील एवं नयी कविता दोनों धाराओं के, प्रमुख आलोचकों ने उसकी इस शक्तिमत्ता को स्वीकृति दी।

वह कहानियों के माध्यम से समाज की कुरीतियों पर चोट करने से भी नहीं चूकते। खड़ी भाषा का प्रयोग, और आधुनिक पीढ़ी में हिन्दी को लोकप्रिय बनाने का श्रेय उन्हीं को जाता है। प्रसाद ने एक लौ प्रज्जवलित कर दी थी, जिसका बाद के लेखकों ने अनुसरण किया।

विषय सूची

गुण्डा

व ह पचास वर्ष से ऊपर था। तब भी युवकों से अधिक बलिष्ठ और दृढ़ था। चमड़े पर झुर्रियाँ नहीं पड़ी थीं। वर्षा की झड़ी में, पूस की रातों की छाया में, कड़कती हुई जेठ की धूप में, नंगे शरीर घूमने में वह सुख मानता था। उसकी चढ़ी मूंछें बिच्छू के डंक की तरह, देखने वालों की आँखों में चुभती थीं। उसका साँवला रंग, साँप की तरह चिकना और चमकीला था। उसकी नागपुरी धोती का लाल रेशमी किनारा दूर से ही ध्यान आकर्षित करता। कमर में बनारसी सेल्हे का फेंटा, जिसमें सीप की मूठ का बिछुआ खुँसा रहता था। उसके घुंघराले बालों पर सुनहले पल्ले के साफे का छोर उसकी चौड़ी पीठ पर फैला रहता। ऊँचे कन्धे पर टिका हुआ चौड़ी धार का गँड़ासा, यह थी उसकी धन पंजों के बल जब वह चलता, तो उसकी नसे चटाचट बोलती थीं। वह गुण्डा था।

ईसा की बारहवीं शताब्दी के अंतिम भाग में वही काशी नहीं रह गई थी, जिसमें उपनिषद् के अजातशत्रु की परिषद् में ब्रह्मविद्या सीखने के लिए विद्वान् ब्रह्मचारी आते थे। गौतम बुद्ध और शंकराचार्य के धर्म-दर्शन के वाद-विवाद, कई शताब्दियों से लगातार मन्दिरों और मठों के ध्वंस और तपस्वियों के वध के कारण, प्रायः बन्द से हो गए थे यहाँ तक कि पवित्रता और छुआ-छूत में कट्टर वैष्णव धर्म भी उस विश्रृंखलता में, नवागन्तुक धर्मोन्माद में अपनी असफलता देखकर काशी में अघोर रूप धारण कर रहा था। उसी समय समस्त न्याय और बुद्धिवाद को शस्त्र बल के सामने झुकते देखकर काशी के विच्छिन्न और निराश नागरिक जीवन ने एक नवीन सम्प्रदाय की सृष्टि की। वीरता जिसका धर्म था। अपनी बात पर मिटना, सिंह-वृत्ति से जीविका ग्रहण करना, प्राण-भिक्षा मांगने वाले कायरों तथा चोट खाकर गिरे हुए प्रतिद्वन्द्री पर शस्त्र न उठाना, सताए निर्बलों को सहायता देना और प्रत्येक क्षण प्राणों को हथेली पर लिए घूमना, उसका बाना था। उन्हें लोग काशी में गुंडा कहते थे।

जीवन की किसी अलभ्य अभिलाषा से वंचित होकर जैसे प्रायः लोग विरक्त हो जाते हैं, ठीक उसी तरह किसी मानसिक चोट से घायल होकर, एक प्रतिष्ठित जमींदार का पुत्र होने पर भी नन्हकूसिंह गुंडा हो गया था। दोनों हाथों से उसने अपनी संपत्ति लुटायी। नन्हकूसिंह ने बहुत-सा रुपया खर्च करके जैसा स्वाँग खेला था, उसे काशी वाले बहुत दिनों तक नहीं भूल सके। बसन्त ऋतु में यह महत्त्वपूर्ण अभिनय खेलने के लिए उन दिनों प्रचुर घन, बल, निर्भीकता और उच्छृंखलता की आवश्यकता होती थी एक बार नन्हकूसिंह ने भी एक पैर में नूपुर, एक हाथ में तोड़ा, एक आँख में काजल, एक कान में हजारों के मोती तथा दूसरे कान में फटे हुए जूते का तल्ला लटका कर, एक में जड़ाऊ मूठ की तलवार, दूसरा हाथ आभूषणों से लदी हुई अभिनय करने वाली प्रेमिका के कन्धे पर रखकर गाया था-

"कहीं बैगनवाली मिले तो बुला देना।"

प्रायः बनारस के बाहर की हरियालियों में, अच्छे पानी वाले कुओं पर, गंगा की धारा में मचलती हुई डोंगी पर वह दिखलाई पड़ता था। कभी-कभी जुआखाने से निकल कर जब वह चौक में आ जाता, तो काशी की रंगीली वेश्याएँ मुस्कराकर उसका स्वागत करतीं और उसके दृढ़ शरीर को सस्पृह देखतीं। वह तमोली की ही दुकान पर बैठकर उनके गीत सुनता, ऊपर कभी नहीं जाता था। जूए की जीत का रुपया मुट्ठियों में भर-भरकर, उनकी खिड़की में वह इस तरह उछालता कि कभी-कभी समाजी लोग अपना सिर सहलाने लगते, तब वह ठठाकर हँस देता। जब कभी लोग कोठे के ऊपर चलने के लिए कहते, तो वह उदासी की सांस खींचकर चुप हो जाता।

वह अभी वंशी के जुआखाने से निकला था। आज उसकी कोड़ी ने साथ न दिया। सोलह परियों के नृत्य में उसका मन न लगा। मन्नू तमोली को दूकान पर बैठते हुए उसने कहा - "आज सायत अच्छी नहीं रही, मन्नू!"

"क्यों मालिक! चिन्ता किस बात की है। हम लोग किस दिन के लिए हैं। सब आप ही का तो है।"

"अरे, बुद्धू ही रहे तुम! नन्हकूसिंह जिस दिन किसी से लेकर जुआ खेलने लगे उसी दिन समझना वह मर गए। तुम जानते नहीं कि मैं जुआ खेलने कब जाता हूँ। जब मेरे पास एक पैसा नहीं रहता; उसी दिन नाल पर पहुँचते ही जिधर बड़ी ढेरी रहती है, उसी को बदता हूँ और फिर वही दाँव आता भी है। बाबा कीनाराम कायह वरदान है!"

"तब आज क्यों मालिक?"

"पहला दांव तो आया ही, फिर दो-चार हाथ बदने पर सब निकल गया। तब भी लो, यह पाँच रुपए बचे हैं। एक रुपया तो पान के लिए रख लो और चार दे दो मलूकी कथक को, कह दो कि दुलारी से गाने के लिए कह दे। हाँ", वही एक गीत-
"विलमि विदेश रहे।"

नन्हकूसिंह की बात सुनते ही मलूकी, जो अभी गांजे की चिलम पर रखने के लिए अंगारा चूर कर रहा था, घबराकर उठ खड़ा हुआ। वह सीढ़ियों पर दौड़ता हुआ चढ़ गया।चिलम को देखता ही ऊपर चढ़ा, इसलिए उसे चोट भी लगी; पर नन्हकूसिंह की भृकुटी देखने की शक्ति उसमें कहाँ। उसे नन्हकूसिंह की वह मूर्ति न भूली थी, जब इसी पान की दुकान पर जूएखाने से जीता हुआ, रुपए से भरा तोड़ा लिए वह बैठा था। दूर से बोधीसिंह की बारात का बाजा बजता हुआ आ रहा था। नन्हकू पूछा – "यह किसकी बारात है?"

"ठाकुर बोधीसिंह के लड़के की।" मन्नू के इतना कहते ही नन्हकू के ओठ फड़कने लगे उसने कहा –"मन्नू! यह नहीं हो सकता। आज इधर से बारात न जाएगी बोधीसिंह हमसे निपट कर तब बारात इधर से ले जा सकेंगे।"

मन्नू ने कहा – "तब मालिक, मैं क्या करूँ?"

नन्हकू गँडासा कन्धे पर से और ऊँचा करके मलूकी से बोला- "मलुकिया देखता है, अभी जा ठाकुर से कह दे, कि बाबू नन्हकू सिंह आज यहीं लगाने के लिए खड़े हैं।समझकर आवें, लड़के की बारात है!' मलुकिया काँपता हुआ ठाकुर बोधिसिंह के पास गया।बोधीसिंह और नन्हकू से पाँच वर्ष से सामना नहीं हुआ है। किसी दिन नाल पर कुछ बातों में ही कहा –सुनी होकर, बीच-बचाव हो गया था।फिर सामना नहीं हो सका। आज नन्हकू जान पर खेलकर अकेले खड़ा है। बोधीसिंह भी उस आन को समझते थे। उन्होंने मलूकी से कहा – "जा बे, कह दे कि हमको क्या मालूम कि बाबू साहब वहीं खड़े हैं। जब वह हैं ही, तो दो समधी जाने का क्या काम है।" बोधीसिंह लौट गए और मलूकी के कन्धे पर तोड़ा लादकर बाजे के आगे नन्हकू – सिंह बारात लेकर गए। ब्याह में जो कुछ लगा, खर्च किया। ब्याह कराकर तब, दूसरे दिन इसी दूकान तक आकर रुक गए। लड़के को और उसकी बारात को उसके घर भेज दिया।

मलूकी को भी दस रुपया मिला था। उस दिन फिर नन्हकूसिंह की बात सुनकर बैठे रहना और यम को न्योता देना एक ही बात थी। उसने जाकर दुलारी से कहा –

"हम ठेका लगा रहे हैं, तुम गाओ, तब तक बल्लू सारंगीवाला पानी पीकर आता है।"

"बाप रे, कोई आफत आई है क्या बाबू साहब? सलाम।" कहकर दुलारी ने खिड़की से मुस्कराकर झाँका था कि नन्हकूसिंह उसके सलाम का जवाब देकर, दूसरे एक आने वाले को देखने लगे।

हाथ में हरौती की पतली-सी छड़ी, आँखों में सुरमा, मुँह में पान, मेंहदी लगी हुई, लाल दाढ़ी, जिसकी सफेद जड़ दिखलाई पड़ रही थी, कुब्वेदार टोपी; छकलिया अंगरखा और साथ में लेसदार परतवाले दो सिपाही! कोई मौलवी साहब हैं। नन्हकू हँस पड़ा। नन्हकू की ओर बिना देखे ही मौलवी ने एक सिपाही से कहा – "जाओ, दुलारी से कह दो कि आज रेजिडेण्ट साहब की कोठी पर मुजरा करना होगा, अभी चले, देखो तब तक हम जानअली से कुछ इत्र ले रहे हैं।" सिपाही ऊपर चढ़ रहा था और मौलवी दूसरी ओर चले थे कि नन्हकू ने ललकारकर कहा – "दुलारी! हम कब तक यहाँ बैठे रहें! क्या अभी सरंगिया नहीं लाया?"

दुलारी ने कहा "वाह बाबू साहब! आप ही के लिए तो मैं यहाँ आ बैठी हूँ, सुनिए न आप तो कभी ऊपर..." मौलवी जल उठा। उसने कड़ककर कहा – "चोबदार! अभी वह सूअर की बच्ची उतरी नहीं। जाओ, कोतवाल के पास मेरा नाम लेकर कहो कि मौलवी अलाउद्दीन कुबरा ने बुलाया है। आकर उसकी मरम्मत करें देखता हूँ तो जब से नवाबी गई, इन काफिरों की मस्ती बढ़ गई है।"

कुबरा मौलवी! बाप रे - तमोली अपनी दुकान सँभालने लगा। पास ही एक दूकान पर बैठकर ऊँघता हुआ बजाज चौंककर सिर में चोट खा गया! इसी मौलवी ने तो महाराज चेतसिंह से साढ़े तीन सेर चींटी के सिर का तेल माँगा था। मौलवी अलाउद्दीन कुबरा! बाजार में हलचल मच गई। नन्हकूसिंह ने मन्नू से कहा – "क्यों, चुपचाप बैठोगे नहीं!" दुलारी से कहा – "वहीं से बाईजी! इधर-उधर हिलने का काम नहीं। तुम गाओ। हमने ऐसे घसियारे बहुत-से देखे हैं। अभी कल रमल के पास फेंककर अधेला-अधेला मांगता था, आज चला है रोब गाँठने।"

अब कुबरा ने घूमकर उसकी ओर देखकर कहा – "कौन है यह पाजी!"

"तुम्हारे चाचा बाबू नन्हकूसिंह!" के साथ ही पूरा बनारसी झापड़ पड़ा। कुबरा का सिर घूम गया। लैस के परतले वाले सिपाही दूसरी ओर भाग चले और मौलवी साहब चौंधिया कर जानअली की दुकान पर लड़खड़ाते, गिरते-पड़ते किसी तरह पहुँच गए।

जानअली ने मौलवी से कहा – "मौलवी साहब! भला आप भी उस गुंडे के मुँह लगने गए। वह तो कहिए कि उसने गँडासा नहीं तोल दिया।" कुबरा के मुँह से बोली नहीं निकल रही थी। उधर दुलारी गा रही थी "...विलमि विदेस रहे..." गाना पूरा हुआ, कोई आया गया नहीं, तब नन्हकूसिंह धीरे-धीरे टहलता हुआ, दूसरी ओर चला गया। थोड़ी देर में एक डोली रेशमी परदे से ढकी हुई आई। साथ में एक चोबदार था। उसने दुलारी को राजमाता पन्ना की आज्ञा सुनाई।

दुलारी चुपचाप डोली पर जा बैठी। डोली धूल और सन्ध्याकाल के धुएँ से भरी हुई बनारस की तंग गलियों से होकर शिवालय घाट की ओर चली।

श्रावण का अंतिम सोमवार था। राजमाता पन्ना शिवालय में बैठकर पूजन कर रही थीं। दुलारी बाहर बैठी कुछ अन्य गानेवालियों के साथ भजन गा रही थीं। आरती हो जाने पर फूलों की अंजलि बिखेरकर पन्ना ने भक्तिभाव से देवता के चरणों में प्रणाम किया। फिर प्रसाद लेकर बाहर आते ही उन्होंने दुलारी को देखा। उसने खड़ी होकर हाथ जोड़ते हुए कहा – "मैं पहले ही पहुँच जाती। क्या करूँ, वह कुबरा मौलवी निगोड़ा आकर रेजिडेण्ट की कोठी पर ले जाने लगा। घण्टों इसी मंझट में बीत गया, सरकार!"

"कुबरा मौलवी! जहाँ सुनती हूँ, उसी का नाम। सुना है कि उसने यहाँ भी आकर कुछ..." फिर न जाने क्या सोचकर बात बदलते हुए पन्ना ने कहा – "हाँ, तब फिर क्या हुआ? तुम कैसे यहाँ आ सकी?"

"बाबू नन्हकूसिंह उधर से आ गए।" मैंने कहा – "सरकार की पूजा पर मुझे भजन गाने को जाना है और यह जाने नहीं दे रहा है। उन्होंने मौलवी को ऐसा झापड़ लगाया कि उसकी हेकड़ी भूल गई और तब जाकर मुझे किसी तरह यहाँ आने की छुट्टी मिली।"

"कौन बाबू नन्हकूसिंह!"

दुलारी ने सिर नीचा करके कहा – "अरे, क्या सरकार को नहीं मालूम? बाबू निरंजनसिंह के लड़के उस दिन, जब मैं बहुत छोटी थी, आपकी बारी में झूला झूल रही थी, जब नवाब का हाथी बिगड़कर आ गया था, बाबू निरंजनसिंह के कुँवर ने ही तो उस दिन हम लोगों की रक्षा की थी।"

राजमाता का मुख उस प्राचीन घटना को स्मरण करके न जाने क्यों विवर्ण हो

गया। फिर अपने को सँभालकर उन्होंने पूछा – "तो बाबू नन्हकूसिंह उधर कैसे आ गए?"

दुलारी ने मुस्कराकर सिर नीचा कर लिया! दुलारी राजमाता पन्ना के पिता की जर्मींदारी में रहने वाली वेश्या की लड़की थी। उसके साथ ही कितनी बार झूले- हिंडोले अपने बचपन में पन्ना झूल चुकी थी। वह बचपन से ही गाने में सुरीली थी। सुन्दरी होने पर चंचल भी थी। पन्ना जब काशीराज की माता थी, तब दुलारी काशी की प्रसिद्ध गानेवाली थी। राजमहल में उसका गाना-बजाना हुआ ही करता। महाराज बलवन्त सिंह के समय से ही संगीत पन्ना के जीवन का आवश्यक अंश था। हाँ, अब प्रेम-दुःख और दर्द भरी विरह कल्पना के गीत की ओर अधिक रुचि न थी। अब सात्विक भावपूर्ण भजन होता था राजमाता पन्ना का वैधव्य से दीप्त शान्त मुख-मण्डल कुछ मलिन हो गया।

बड़ी रानी की सापत्न्य ज्वाला बलवन्तसिंह के मर जाने पर भी नहीं बुझी। अन्तःपुर कलह का रंगमंच बना रहता, इसी से प्रायः पन्ना काशी के राजमन्दिर में आकर पूजा-पाठ में अपना मन लगाती। रामनगर में उसको चैन नहीं मिलता। नई रानी होने के कारण बलवन्तसिंह की प्रेयसी होने का गौरव तो उसे था ही, साथ में पुत्र उत्पन्न करने का सौभाग्य भी मिला, फिर भी असवर्णता का सामाजिक दोष उसके हृदय को व्यक्ति किया करता। उसे अपने ब्याह की आरम्भिक चर्चा का स्मरण हो आया।

छोटे-से मंच पर बैठी, गंगा की उमड़ती हुई धारा को पन्ना अन्य-मनस्क होकर देखने लगी। उस बात को, जो अतीत में एक बार, हाथ से अनजाने में खिसक जाने वाली वस्तु की तरह गुप्त हो गई हो; सोचने का कोई कारण नहीं। उससे कुछ बनता बिगड़ता भी नहीं; परन्तु मानव स्वभाव हिसाब रखने की प्रथानुसार कभी-कभी कही बैठता है, "कि यदि वह बात हो गई होती तो?" ठीक उसी तरह पन्ना भी राजा बलवन्तसिंह द्वारा बलपूर्वक रानी बनाई जाने के पहले की एक संभावना को सोचने लगी थी। सो भी बाबू नन्हकूसिंह का नाम सुन लेने पर गेंदा मुँहलगी दासी थी। वह पन्ना के साथ उसी दिन से है, जिस दिन से पन्ना बलवन्त सिंह की प्रेयसी हुई। राज्य भर का अनुसन्धान उसी के द्वारा मिला करता। और उसे न जाने कितनी जानकारियाँ भी थी। उसने दुलारी का रंग उखाड़ने के लिए कुछ कहना आवश्यक समझा।

"महारानी! नन्हकूसिंह अपनी सब जर्मींदारी स्वाँग, भैसों की लड़ाई, दौड़ और

गाने-बजाने में उड़ाकर अब डाकू हो गया है। जितने खून होते हैं, सब में उसी का हाथ रहता है। जितनी...” उसे रोककर दुलारी ने कहा – “यह झूठ है। बाबू साहब के जैसा धर्मात्मा तो कोई है ही नहीं। कितनी विधवाएँ उनकी दी हुई धोती से अपना तन ढँकती है। कितनी लड़कियों की ब्याह-शादी होती है। कितने सताए हुए लोगों की उनके द्वारा रक्षा होती है।”

रानी पन्ना के हृदय में एक तरलता उद्वेलित हुई। उन्होंने हँसकर कहा – “दुलारी, वे तेरे यहाँ आते हैं न? इसी से तू उनकी बड़ाई...।” “नहीं सरकार! शपथ खाकर कह सकती हूँ कि बाबू नन्हकूसिंह ने आज तक कभी मेरे कोठे पर पैर भी नहीं रखा।”

राजमाता न जाने क्यों इस अद्भुत व्यक्ति को समझने के लिए चंचल हो उठी थीं। तब भी उन्होंने दुलारी को आगे कुछ न कहने के लिए तीखी दृष्टि से देखा। वह चुप हो गई। पहले पहर की शहनाई बजने लगी। दुलारी छुट्टी मांगकर टोली पर बैठ गई। तब गेंदा ने कहा – “सरकार! आजकल नगर की दशा बड़ी बुरी है। दिन दहाड़े लोग लूट लिए जाते हैं। सैकड़ों जगह नाले पर जुए में लोग अपना सर्वस्व गंवाते हैं। बच्चे फुसलाए जाते हैं। गलियों में लाठियाँ और छुरा चलने के लिए टेढ़ी भौंहें कारण बन जाती है। उधर रेजीडेण्ट साहब से महाराजा की अनबन चल रही है।” राजमाता चुप रहीं।

दूसरे दिन राजा चेतसिंह के पास रेजिडेण्ट मार्कहेम की चिट्ठी आयी, जिसमें नगर की दुर्व्यवस्था की कड़ी आलोचना थी। डाकुओं और गुण्डों को पकड़ने के लिए, उन पर कड़ा नियंत्रण रखने की सम्मति भी थी। कुबरा मौलवी वाली घटना का भी उल्लेख था। उधर हेस्टिंग्स के आने की भी सूचना थी। शिवालयघाट और राम- नगर में हलचल मच गई! कोतवाल हिम्मतसिंह, पागल की तरह, जिसके हाथ में लाठी, लोहाँगी, गड़ाँसा, बिछुआ और करौली देखते, उसी को पकड़ने लगे।

एक दिन नन्हकूसिंह सुम्भा के नाले के संगम पर ऊँचे-से टोने की घनी हरियाली में अपने चुने हुए साथियों के साथ दूधिया छान रहे थे। गंगा में, उनकी पतली डोंगी बड़ की जटा से बंधी थी। कथकों का गाना हो रहा था। चार उलाँकी इक्के कसे-कसाए खड़े थे।

नन्हकूसिंह ने अकस्मात कहा – “मलूकी! गाना जमता नहीं है। उलाँकी पर बैठकर जाओ, दुलारी को बुला लागो।” मलूकी वहीं मजीरा बजा रहा था। दौड़कर इक्के पर जा बैठा। आज नन्हकूसिंह का मन उखड़ा था। बूटी कई बार छानने पर भी नशा नहीं। एक घंटे में दुलारी सामने आ गई। उसने मुस्कराकर कहा – “क्या हुक्म

है बाबू साहब?''

''दुलारी! आज गाना सुनने का मन कर रहा है।''

''इस जंगल में क्यों?'' उसने सशंक हँसकर कुछ अभिप्राय से पूछा।

''तुम किसी तरह का खटका न करो।'' – नन्हकूसिंह ने हँसकर कहा।

''यह तो मैं उस दिन महारानी से भी कह आयी हूँ।''

''क्या, किससे?''

''राजमाता पन्नादेवी से'' फिर उस दिन गाना नहीं जमा। दुलारी ने आश्चर्य से देखा कि तानों में नन्हकू की आँखें तर हो जाती हैं। गाना-बजाना समाप्त हो गया था। वर्षा की रात में झिल्लियों का स्वर उस झुरमुट में गूंज रहा था। मन्दिर के समीप ही छोटे से कमरे में नन्हकूसिंह चिन्ता में निमग्न बैठा था। आँखों में नींद नहीं। और सब लोग तो सोने लगे थे, दुलारी जाग रही थी। वह भी कुछ सोच रही थी। आज उसे, अपने को रोकने के लिए कठिन प्रयत्न करना पड़ रहा था किन्तु असफल होकर वह उठी और नन्हकू के समीप धीरे-धीरे चली आयी। कुछ आहट पाते ही चौंककर नन्हकूसिंह ने पास ही पड़ी हुई तलवार उठा ली। तब तक हँसकर दुलारी ने कहा – ''बाबू साहब, यह क्या? स्त्रियों पर भी तलवार चलायी जाती है!''

छोटे-से दीपक के प्रकाश में वासना भरी रमणी का मुख देखकर नन्हकू हँस पड़ा। उसने कहा – ''क्यों बाईजी! क्या इसी समय जाने की पड़ी है। मौलवी ने फिर बुलाया है क्या?'' दुलारी नन्हकू के पास बैठ गई। नन्हकू ने कहा – ''क्या तुमको डर लग रहा है?''

''नहीं, मैं कुछ पूछने आयी हूँ।''

''क्या?''

''क्या, ... यही कि... कभी तुम्हारे हृदय में...''

''उसे न पूछो दुलारी! हृदय को बेकार ही समझ कर तो उसे हाथ में लिए फिर रहा हूँ। कोई कुछ कर देता – कुचलता-चीरता-उछालता! मर जाने के लिए सब कुछ तो करता हूँ, पर मरने नहीं पाता।''

''मरने के लिए भी कहीं खोजने जाना पड़ता है। आपको काशी का हाल क्या मालूम! न जाने घड़ी भर में क्या हो जाए। उलट-पलट होने वाला है क्या, बनारस की गलियाँ जैसे काटने दौड़ती है।''

"कोई नयी बात इधर हुई है क्या?" "कोई हेस्टिंग्ज आया है सुना है उसने शिवालयघाट पर तिलंगों की कंपनी का पहरा बैठा दिया है। राजा चेतसिंह और राजमाता पन्ना वहीं हैं। कोई-कोई कहता है कि उनको पकड़कर कलकत्ता भेजने..."

"क्या पन्ना भी... रनिवास भी वहीं है" नन्हकू अधीर हो उठा था।

"क्यों बाबू साहब, आज रानी पन्ना का नाम सुनकर आपकी आँखों में आँसू क्यों आ गए?"

सहसा नन्हकू का मुख भयानक हो उठा! उसने कहा – "चुप रहो, तुम उसको जानकर क्या करोगी?" वह उठ खड़ा हुआ। उद्विग्न की तरह न जाने क्या खोजने लगा। फिर स्थिर होकर उसने कहा – "दुलारी! जीवन में आज यह पहला ही दिन है कि एकान्त रात में एक स्त्री मेरे पलंग पर जाकर बैठ गई है, मैं चिरकुमार! अपनी एक प्रतिज्ञा का निर्वाह करने के लिए सैकड़ों असत्य, अपराध करता फिर रहा हूँ। क्यों? तुम जानती हो? मैं स्त्रियों का घोर विद्रोही हूँ और पन्ना! ...किन्तु उसका क्या अपराध! अत्याचारी बलवन्तसिंह के कलेजे में बिछुआ मैं न उतार सका। किन्तु पन्ना! उसे पकड़ कर गोरे कलकत्ते भेज देंगे! वही...।"

नन्हकूसिंह उन्मत्त हो उठा था। दुलारी ने देखा, नन्हकू अंधकार में ही वट-वृक्ष के नीचे पहुँचा और गंगा की उमड़ती हुई धारा में डोंगी खोल दी उसी धने अन्धकार में। दुलारी का हृदय कांप उठा।

16 अगस्त सन् 1781 को काशी डाँवाडोल हो रही थी। शिवालयघाट में राजा चेतसिंह लेफ्टिनेण्ट इस्टाकर के पहरे में थे। नगर में आतंक था। दुकानें बन्द थीं घरों में बच्चे अपनी माँ से पूछते थे - 'मां, आज हलुए वाला नहीं आया।' वह कहती- 'चुप बेटे!-' सड़कें सूनी पड़ी थीं। तिलंगों की कम्पनी के आगे-आगे कुबरा मौलवी कभी-कभी, आता-जाता दिखाई पड़ता था। उस समय खुली हुई खिड़कियाँ बन्द हो जाती थीं। भय और सन्नाटे का राज्य था। चौक में चिथरुसिंह की हवेली अपने भीतर काशी की वीरता को बन्द किए कोतवाल का अभिनय कर रही थी। इसी समय किसी ने पुकारा - "हिम्मतसिंह!"

खिड़की में से सिर निकाल कर हिम्मतसिंह ने पूछा – "कौन?"

"बाबू नन्हकूसिंह!"

"अच्छा, तुम अब तक बाहर ही हो?"

"पागल ! राजा कैद हो गए हैं। छोड़ दो इन सब बहादुरों को ! हम एक बार इनको लेकर शिवालयघाट पर जाएँ।"

"ठहरो" – कह कर हिम्मतसिंह ने कुछ आज्ञा दी, सिपाही बाहर निकले। नन्हकू की तलवार चमक उठी। सिपाही भीतर भागे। नन्हकू ने कहा – "नमकहरामो ! चुड़ियाँ पहन लो।" लोगों के देखते-देखते नन्हकूसिंह चला गया। कोतवाली के सामने फिर सन्नाटा हो गया।

नन्हकू उन्मत्त था। उसके थोड़े-से साथी उसकी आज्ञा पर जान देने के लिए तुले थे। वह नहीं जानता था कि राजा चेतसिंह का क्या राजनैतिक अपराध है ? उसने कुछ सोचकर अपने थोड़े-से साथियों को फाटक पर गड़बड़ मचाने के लिए भेज दिया। इधर अपनी डोंगी लेकर शिवालय की खिड़की के नीचे धारा काटता हुआ पहुँचा। किसी तरह निकले हुए पत्थर में रस्सी अटका कर, उस चंचल डोंगी को उसने स्थिर किया और बन्दर की तरह उछल कर खिड़की के भीतर हो गया। उस समय वहाँ राजमाता पन्ना और राजा चेतसिंह से बाबू मनिहार सिंह कह रहे थे – "आपके यहाँ रहने से, हम लोग क्या करें, यह समझ में नहीं आता। पूजा-पाठ समाप्त करके आप रामनगर चली गई होती, तो यह...."

तेजस्विनी पन्ना ने कहा – "अब में रामनगर कैसे चली जाऊँ?"

मनिहार सिंह दुखी होकर बोले – "कैसे बताऊँ? मेरे सिपाही तो बन्दी हैं।"

इतने में फाटक पर कोलाहल मचा। राज-परिवार अपनी मन्त्रणा में डूबा था कि नन्हकूसिंह का आना उन्हें मालूम हुआ। सामने का द्वार बन्द था। नन्हकूसिंह ने एक बार गंगा की धारा को देखा उसमें एक नाव घाट पर लगने के लिए लहरों से लड़ रही थी। वह प्रसन्न हो उठा। इसी की प्रतीक्षा में वह रुका था। उसने जैसे सबको सचेत करते हुए कहा – "महारानी कहाँ हैं?"

सबने घूम कर देखा – एक अपरिचित वीर-मूर्ति! शस्त्रों से लदा हुआ पूरादेव!

चेतसिंह मे पूछा तुम कौन हो?"

"राज परिवार का एक बिना दाम का सेवक!"

पन्ना के मुँह से हलकी-सी एक साँस निकल कर रह गई। उसने पहचान लिया । इतने वर्षों के बाद! वहीं नन्हकूसिंह।

मनियारसिंह ने पूछा – "तुम क्या कर सकते हो?"

"मैं मर सकता हूँ ! पहले महारानी को डोंगी पर बिठाइए नीचे दूसरी डोंगी पर

अच्छे मल्लाह हैं। फिर बात कीजिए।" – मनियारसिंह ने देखा, जनानी ड्योढ़ी का दरोगा राज की एक डोंगी पर चार मल्लाहों के साथ खिड़की से नाव सटाकर प्रतीक्षा में है। उन्होंने पन्ना से कहा – "चलिए, मैं साथ चलता हूँ।"

"और..." – चेतसिंह को देखकर, पुत्रवत्सला ने संकेत से एक प्रश्न किया,

उसका उत्तर किसी के पास न था। मनियारसिंह ने कहा – "तब मैं यहीं?" नन्हकू ने हँसकर कहा – "मेरे मालिक, आप नाव पर बैठें। जब तक राजा भी नाव पर न बैठ जाएँगे, तब तक सत्रह गोली खाकर भी नन्हकूसिंह जीवित रहने की प्रतिज्ञा करता है।"

पन्ना ने नन्हकू को देखा। एक क्षण के लिए चारों आँखें मिलीं, जिनमें जन्म-जन्म का विश्वास ज्योति की तरह जल रहा था। फाटक बलपूर्वक खोला जा रहा था । नन्हकू ने उन्मत्त होकर कहा – "मालिक! जल्दी कीजिए।"

दूसरे क्षण पन्ना डोंगी पर थी और नन्हकूसिंह फाटक पर इस्टाकर के साथ। चेतराम ने आकर एक चिट्ठी मनियारसिंह को हाथ में दी। लेफ्टिनेण्ट ने कहा – "आप के आदमी गड़बड़ मचा रहे हैं। अब मैं अपने सिपाहियों को गोली चलाने से नहीं रोक सकता।"

"मेरे सिपाही यहाँ कहाँ है साहब ?" मनियारसिंह ने हसँकर कहा। बाहर कोलाहल बढ़ने लगा।

चेतराम ने कहा – "पहले चेतसिंह को कैद कीजिए।"

"कौन ऐसी हिम्मत करता है ?" कड़ककर कहते हुए बाबू मनियारसिंह ने तलवार खींच ली।अभी बात पूरी न हो सकी थी कि कुबरा मौलवी वहाँ पहुँचा! यहाँ मौलवी साहब की कलम नहीं चल सकती थी, और न ये बाहर ही जा सकते थे।उन्होंने कहा – "देखते क्या हो चेतराम!"

चेतराम ने राजा के ऊपर हाथ रखा ही था कि नन्हकू के सधे हुए हाथ ने उसकी भुजा उड़ा दी। इस्टाकर आगे बढ़े, मौलवी साहब चिल्लाने लगे। नन्हकूसिंह ने देखते-देखते इस्टाकर और उसके कई साथियों को धराशायी किया।फिर मौलवी साहब कैसे बचते!

नन्हकूसिंह ने कहा – "क्यों, उस दिन के झापड़ ने तुमको समझाया नहीं? पाजी!" कहकर ऐसा साफ जनेवा मारा कि कुबरा ढेर हो गया। कुछ ही क्षणों में यह भीषण घटना हो गई, जिसके लिए अभी कोई प्रस्तुत न था।

नन्हकूसिंह ने ललकार कर चेतसिंह से कहा – "आप क्या देखते हैं ? उतरिए

डोंगी पर!" उसके घावों से रक्त के फुहारे छूट रहे थे। उधर फाटक से तिलंगे भीतर आने लगे थे। चेतसिंह ने खिड़की से उतरते हुए देखा कि बीसों तिलंगों की संगीनों में वह अविचल खड़ा होकर तलवार चला रहा है। नन्हकू के चट्टान सदृश शरीर से गैरिक की तरह रक्त की धारा बह रही है। गुंडे का एक-एक अंग कटकर वहीं गिरने लगा। वह काशी का गुंडा था!

LIST OF TITLES WITH ISBN NO.

ISBN	TITLE
9788194914129	1984
9789390575220	1984 & Animal Farm (2In1)
9789390575572	1984 & Animal Farm (2In1): The International Best-Selling Classics
9789390575848	35 Sonnets
9789390575329	A Clergyman's Daughter
9789390575923	A Study In Scarlet
9789390896097	A Tale Of Two Cities
9789390896837	Abide in Christ
9789390896202	Abraham Lincoln
9789390896912	Absolute Surrender
9789390896608	African American Classic Collection
9789390575305	Aldous Huxley: The Collected Works
9789390896141	An Autobiography of M. K. Gandhi
9789390575886	Animal Farm
9789390575619	Animal Farm & The Great Gatsby (2In1)
9789390575626	Animal Farm & We
9789390896158	Anna Karenina
9789390575534	Antic Hay
9789390896165	Antony & Cleopatra
9789390896172	As I Lay Dying
9789390896226	As You like it
9789390575671	At Your Command
9789390575350	Awakened Imagination
9789390575114	Be What You Wish
9789390896233	Believe In yourself
9789390896998	Best of Charles Darwin: The Origin of Species & Autobiography
9789390896684	Best Of Horror : Dracula And Frankenstein
9789390575503	Best Of Mark Twain (The Adventures of Tom Sawyer AND The Adventures of Huckleberry Finn)
9789390896769	Black History Collection
9789390575756	Brave New World, Animal Farm & 1984 (3in1)

9789390896240	Brother Karamzov
9789390575053	Bulleh Shah Poetry
9789390575725	Burmese Days
9789390896257	Bushido
9789390896066	Can't Hurt Me
9788194914112	Chanakya Neeti: With The Complete Sutras
9789390896042	Crime and Punishment
9789390575527	Crome Yellow
9789390575046	Down and Out in Paris and London
9789390896844	Dracula
9789390575442	Emersons Essays: The Complete First & Second Series (Self-Reliance & Other Essays)
9789390575749	Emma
9789390575817	Essential Tozer Collection - The Pursuit of God & The Purpose of Man
9789390896578	Fascism What It Is and How to Fight It
9789390575688	Feeling is the Secret
9789390575190	Five Lessons
9789390575954	Frankenstein
9789390575237	Franz Kafka: Collected Works
9789390575282	Franz Kafka: Short Stories
9789390575060	George Orwell Collected Works
9789390575077	George Orwell Essays
9789390575213	George Orwell Poems
9788194914150	Greatest Poetry Ever Written Vol 1
9788194914143	Greatest Poetry Ever Written Vol 1
9789390896301	Gulliver's Travel
9789390575961	Gunaho Ka Devta
9789390575893	H. P. Lovecraft Selected Stories Vol 1
9789390575978	H. P. Lovecraft Selected Stories Vol 2
9789390896059	Hamlet
9789390575022	His Last Bow: Some Reminiscences of Sherlock Holmes
9789390896134	History of Western Philosophy
9789390575121	Homage To Catalonia

9789390896219	How to develop self-confidence and Improve public Speaking
9789390896295	How to enjoy your life and your Job
9789390575633	How to own your own mind
9789390896318	How to read Human Nature
9789390896325	How to sell your way through the life
9789390896370	How to use the laws of mind
9789390896387	How to use the power of prayer
9789390896028	How to win friends & Influence People
9788194824176	How To Win Friends and Influence People
9789390896103	Humility The Beauty of Holiness
9789390896653	Imperialism the Highest Stage of Capitalism
9789390575084	In Our Time
9789390575169	In Our Time & Three Stories and Ten poems
9789390575145	James Allen: The Collected Works
9789390896189	Jesus Himself
9789390575480	Jo's Boys
9789390896394	Julius Caesar
9789390575404	Keep the Aspidistra Flying
9789390896400	Kidnapped
9789390896424	King Lear
9789390575824	Lady Susan
9789390896455	Law of Success
9789390896264	Lincoln The Unknown
9789390575565	Little Men
9789390575640	Little Women
9788194914174	Lost Horizon
9789390896462	Macbeth
9789390896929	Man Eaters of Kumaon
9789390896523	Man The Dwelling Place of God
9789390896349	Man The Dwelling Place of God
9789390575909	Mansfield Park
9788194914136	Manto Ki 25 Sarvshreshth Kahaniya
9789390896509	Marxism, Anarchism, Communism
9789390575664	Mathematical Principles of Natural Philosophy

9788194914198	Meditations
9789390575800	Mein Kampf
9789390575794	Memory How To Develop, Train, And Use It
9789390896486	Mind Power
9789390896585	Money
9789390575039	Mortal Coils
9789390575770	My Life and Work
9789390896035	Narrative of the Life of Frederick Douglass
9789390575152	Neville Goddard: The Collected Works
9789390575985	Northanger Abbey
9789390896530	Notes From Underground
9789390896547	Oliver Twist
9789390575459	On War
9789390575541	One, None and a Hundred Thousand
9789390896554	Othelo
9789390575435	Out Of This World
9789390575015	Persuasion
9789390575510	Prayer The Art Of Believing
9789390575091	Pride and Prejudice
9789390896561	Psychic Perception
9789390575381	Rabindranath Tagore - 5 Best Short Stories Vol 2
9789390575367	Rabindranath Tagore - Short Stories (Masters Collections Including The Childs Return)
9789390575374	Rabindranath Tagore 5 Best Short Stories Vol 1 (Including The Childs Return
9789390896622	Romeo & Juliet
9789390896127	Sanatana Dharma
9789390575596	Seedtime & Harvest
9789390896639	Selected Stories of Guy De Maupassant
9789390575206	Self-Reliance & Other Essays
9789390575176	Sense and Sensibility
9789390575299	Shyamchi Aai
9789390896738	Socialism Utopian and Scientific
9789390896646	Success Through a Positive Mental Attitude
9789390575428	The Adventures of Huckleberry Finn

9789390575183	The Adventures of Sherlock Holmes
9789390575343	The Adventures of Tom Sawyer
9789390896691	The Alchemy Of Happiness
9789390575862	The Art Of Public Speaking
9789390896288	The Autobiography Of Charles Darwin
9788194914181	The Best of Franz Kafka: The Metamorphosis & The Trial
9789390575008	The Call Of Cthulhu and Other Weird Tales
9789390575107	The Case-Book of Sherlock Holmes
9789390896110	The Castle Of Otranto
9789390896745	The Communist Manifesto
9789390575589	The Complete Fiction of H. P. Lovecraft
9789390575497	The Complete Works of Florence Scovel Shinn
9789390896820	The Conquest of Breard
9789390896813	The Diary of a Young Girl
9789390896332	The Diary of a Young Girl The Definitive Edition of the Worlds Most Famous Diary
9789390575701	The Great Gatsby, Animal Farm & 1984 (3In1)
9789390575312	The Greatest Works Of George Orwell (5 Books) Including 1984 & Non-Fiction
9789390575992	The Hound of Baskervilles
9789390896707	The Idiot
9789390896714	The Invisible Man
9789390575657	The Knowledge of the holy
9789390575558	The Law & the Promise
9789390896721	The Law Of Attraction
9789390896776	The Leader in you
9789390896363	The Life of Christ
9789390896196	The Man-Eating Leopard of Rudraprayag
9789390896783	The Master Key to Riches
9789390575268	The Memoirs Of Sherlock Holmes
9789390896479	The Midsummer Night's Dream
9789390575466	The Mill On The Floss
9789390896790	The Miracles of your mind
9789390896660	The Mutual Aid A Factor in Evolution
9789390896448	The Origin of Species

9789390896905	The Peter Kropotkin Anthology The Conquest of Bread & Mutual Aid A Factor of Evolution
9789390896806	The Picture of Dorian Gray
9789390896271	The Picture of Dorian Gray
9789390575275	The Power Of Awareness
9789390896356	The Power of Concentration
9788194824169	The Power of Positive Thinking
9789390575411	The Power of the Spoken Word
9788194914105	The Power Of Your Subconscious Mind
9789390896899	The Power of Your Subconscious Mind
9789390896417	The Principles of Communism
9789390575787	The Psychology Of Mans Possible Evolution
9789390896615	The Psychology of Salesmanship
9789390575732	The Pursuit of God
9789390575398	The Pursuit of Happiness
9789390896851	The Quick and Easy Way to effective Speaking
9789390575947	The Return Of Sherlock Holmes
9789390575138	The Road To Wigan Pier
9789390896981	The Root of the Righteous
9789390575855	The Science Of Being Well
9788194914167	The Science Of Getting Rich, The Science Of Being Great & The Science Of Being Well (3In1)
9789390896011	The Screwtape Letters
9789390896073	The Screwtape Letters
9789390575336	The Secret Door to Success
9789390575695	The Secret Of Imagining
9789390896868	The Secret Of Success
9789390896431	The Seven Last Words
9789390575930	The Sign of the Four
9789390896004	The Sonnets
9789390896516	The Souls of Black Folk
9789390896875	The Sound and The Fury
9789390575244	The State and Revolution
9789390896882	The Story of My Life
9789390896936	The Story Of Oriental Philosophy

9789390896752	The Strange Case of Dr. Jekyll and Mr. Hyde
9789390896943	The Tempest
9789390575916	The Valley Of Fear
9789390575879	The Wind in the willows
9789390896080	The Wind in the willows
9789390575763	Their eyes were watching gofd
9789390575831	Three Stories
9789390896950	Twelfth Night
9789390896592	Twelve Years a Slave
9789390896677	Up from Slavery
9789390896974	Value Price and Profit
9789390896967	Wake Up and Live
9789390896493	With Christ in the School of Prayer
9789390575602	Your Faith is Your Fortune
9789390575473	Your Infinite Power To Be Rich
9789390575251	Your Word is Your Wand
9789390575718	Youth
9789391316099	A Christmas Carol
9789391316105	A Doll's House
9789391316501	A Passage to India
9789391316709	A Portrait of the Artist as a Young Man
9789391316112	A Tale of Two Cities
9789391316747	A Tear and a Smile
9789391316167	Agnes Gray
9789391316174	Alice's Adventures in Wonderland
9789391316136	Anandamath
9789391316181	Anne Of Green Gables
9789391316754	Anthem
9789391316198	Around The World in 80 Days
9789391316013	As A Man Thinketh
9789391316242	Autobiography of a Yogi
9789391316266	Beyond Good and Evil
9789391316761	Bleak House
9789391316778	Chitra, a Play in One Act
9789391316310	David Copperfield

9789391316075	Demian
9789391316785	Dubliners
9789391316051	Favourite Tales from the Arabian Nights
9789391316235	Gitanjali
9789391316068	Gravity
9789391316150	Great Speeches of Abraham Lincoln
9789391316662	Guerilla Warfare
9789391316839	Kim
9789391316822	Mother
9789391316211	My Childhood
9789391316846	Nationalism
9789391316327	Oliver Twist
9789391316853	Pygmalion
9789391316334	Relativity: The Special and the General Theory
9789391316389	Scientific Healing Affirmation
9789391316341	Sons and Lovers
9789391316587	Tales from India
9789391316372	Tess of The D'Urbervilles
9789391316396	The Awakening and Selected Stories
9789391316402	The Bhagvad Gita
9789391316303	The Book of Enoch
9789391316228	The Canterville Ghost
9789391316907	The Dynamic Laws of Prosperity
9789391316006	The Great Gatsby
9789391316860	The Hungry Stones and Other Stories
9789391316433	The Idiot
9789391316440	The Importance of Being Earnest
9789391316297	The Light of Asia
9789391316914	The Madman His Parables and Poems
9789391316457	The Odyssey
9789391316921	The Picture of Dorian Gray
9789391316464	The Prince
9789391316938	The Prophet
9789391316945	The Republic
9789391316518	The Scarlet Letter

9789391316143	The Seven Laws of Teaching
9789391316525	The Story of My Experiments with Truth
9789391316532	The Tales of the Mother Goose
9789391316549	The Thirty Nine Steps
9789391316594	The Time Machine
9789391316600	The Turn of the Screw
9789391316983	The Upanishads
9789391316617	The Yellow Wallpaper
9789391316426	The Yoga Sutras of Patanjali
9789391316990	Ulysses
9789391316624	Utopia
9789391316679	Vanity Fair
9789391316020	What Is To Be Done
9789391316686	Within A Budding Grove
9789391316693	Women in Love

www.ingramcontent.com/pod-product-compliance
Lightning Source LLC
LaVergne TN
LVHW091143180726
843490LV00008B/3177